AF346255

ANNEMARIE NIKOLAUS

OLTRE LA LEGGE

– RACCONTI STORICI –

Indice

La dodicesima notte

Treganna, Cornovaglia, vigilia di Natale, 1072

Una violenta tempesta ruggiva intorno alla Grande Sala di Treganna, coprendo più volte il chiasso dei domestici in festa del castello. In quei momenti ad alcuni la risata morì in gola; altri si fecero il segno della croce guardandosi intorno spaventati. I cani, che in altri giorni si sarebbero azzuffati per le ossa, rimasero stesi tranquilli sotto i tavoli, manifestando la loro presenza solo con qualche guaito occasionale.

Il fuoco dei due enormi camini faticava a difendersi dalla pressione costante del vento. Il fumo si sparse fino all'Alto Tavolo, al quale sedeva Sir Geoffroi, il nuovo signore del castello di Treganna, insieme alla sua famiglia.

Il piccolo Amis, suo figlio, tossì quando inspirò il fumo. Poiché lottava faticosamente per respirare un po' di aria, Caitlin gli batté sulla schiena, porgendogli un bicchiere d'acqua.

La preoccupazione si fece strada negli occhi di Caitlin, che sorrise compassionevole. «Bevi, poi starai subito meglio.» Sperava che soffocasse bevendo. Come lo odiava, il suo fratellastro; ancora più del Normanno, che aveva costretto sua madre a sposarlo. Volesse Dio impedire di far cadere Treganna in mano a quel debole un giorno; era la sua eredità.

Amis venne scosso da un brivido quando, all'improvviso, la tempesta fischiò di una tonalità più alta.

«Hai freddo?» Sir Geoffroi lo avvolse ancora più stretto nella sua calda coperta.

«No, padre. Mi sono spaventato.»

«Per un po' di vento?» Sir Geoffroi sembrò allora lievemente irritato. «Qui vicino al mare il vento soffia più forte rispetto a quello a cui eri abituato... a casa.»

«No, milord.» Caitlin assunse nuovamente un'espressione pensierosa. «Non è la tempesta a cantare là fuori. Sono...» La voce di Caitlin si affievolì.

Amis impallidì e la fissò ad occhi sbarrati.

«Caitlin! Non alimenterai questa superstizione.»

«Come potete dirlo, mio signore! Cosa sapete della nostra terra!» Caitlin balzò in piedi indignata e non si lasciò trattenere neanche dal richiamo adirato della madre.

Non molto tempo dopo Amis venne nella camera da letto di Caitlin. «Sorella, che cosa non ti è permesso dirmi?»

Caitlin strinse gli occhi a sentire quell'odiato appellativo. «Cosa pensi? Tuo padre non vuole che ti racconto quello che non puoi apprendere da lui.» Con un gesto lo fece avvicinare al fuoco e abbassò la voce. «Vento, sì, puoi chiamarlo così. Ma non viene dal mare. È la "caccia selvaggia", che cerca vendetta nelle notti che precedono l'Epifania.»

Il bambino si schiarì la gola e cercò di dare alla propria voce un tono più profondo e adulto. «Caitlin, questa è pura e semplice superstizione.»

Caitlin lo tirò verso il davanzale della finestra e sussurrò: «Non hai visto la paura sui volti dei servitori?» Caitlin soffocò un sorriso trionfante quando lo sguardo del bambino iniziò a vacillare insicuro. «Ma tu non devi spaventarti. Sei ancora un ragazzino. Non sei responsabile di quello che è successo.»

Amis saltò su indignato.

«Sono i nostri guerrieri caduti.» Caitlin sorrise. «E mio padre li guida. Voi avete rubato la nostra terra. E sua moglie.»

«Ma tu non devi temere.» Caitlin si alzò e aprì la sua cassapanca. «Ecco perché ti do il mio regalo già oggi.» Gli porse un nastro rosso dal quale pendeva una gemma di pietra scura.

Amis tese la mano. «Che cos'è?»

«Una protezione più potente della croce dei cristiani.» Caitlin gli appoggiò l'amuleto nella mano.

«Un'altra superstizione.» Sorridendo scosse la testa, ma la sua voce tremava dalla paura. «Tuttavia è grazioso. Lo indosserò, perché è un tuo regalo.»

Il tempo fu a malapena migliore nei giorni successivi. Amis si trascinava in giro timoroso. Una volta Caitlin gli mostrò una distesa di neve devastata dalle tracce e Amis iniziò a tremare in modo incontrollato e a lottare per respirare. Afferrò frettolosamente l'amuleto di Caitlin che portava al collo.

«Cos'è quello?» gli sbraitò Sir Geoffroi.

Lo sguardo di Amis si posò su Caitlin in cerca di aiuto. «Questo...» Si schiarì la gola nervoso. «È solo un regalo di Caitlin.» I suoi occhi la imploravano di tenere chiusa la bocca.

Ma Caitlin fissò raggiante Sir Geoffroi, come se non ci fosse nulla di sbagliato. «Vostro figlio sta iniziando a capire cosa conta nella nostra terra, milord.»

«Cosa conta?» Sir Geoffroi sollevò il frustino «Ti insegnerò io cosa conta!» Colpì Caitlin di traverso al petto.

Il dolore le fece salire le lacrime agli occhi, ma lei strinse le labbra e alzò fieramente la testa. Il trionfo di vedere Sir Geoffroi strappare subito l'amuleto dal collo di Amis valeva tutte le pene.

Un'altra volta Caitlin e Amis trovarono tracce di zoccoli sulla spiaggia, che si perdevano sul terreno roccioso al di sotto di una grotta sulla scogliera. Caitlin fece un significativo cenno col capo ad Amis e da sotto le palpebre abbassate osservò il ragazzo sbiancare, quando gli propose di andare a esplorare la grotta. Quando volle andare da sola, dopo il suo rifiuto, Amis la fissò spaventato supplicandola di non lasciarlo indietro. Constatò interessata che respirava nervosamente, sembrava riuscisse a malapena a inspirare aria. Non dicevano che si poteva morire di paura?

La sera prima dell'Epifania una tempesta di neve causò una marea sizigiale, che minacciò le stalle nella baia, dove svernavano i cavalli riproduttori di Treganna. Sir Geoffroi chiamò Amis per aiutare i braccianti a salvare i cavalli; Caitlin si offrì come volontaria. Per salvarli dalla tempesta, gli animali vennero portati nelle grotte più alte della scogliera.

Più tardi, all'imbrunire, Caitlin condusse Amis lontano dagli altri, dove lui credeva che ci fosse presumibilmente un'altra grotta. Per un tratto la via costeggiava la cresta della scogliera. Quando lasciarono il versante sottovento, un qualcosa di potente, irriconoscibile nella spessa coltre di neve, li spazzò nella tempesta sibilante. Amis lasciò il suo cavallo gridando e corse via. Sul pendio, giù per il mare, cadde e rotolò più volte prima di riuscire a fermarsi su uno spuntone.

Caitlin si inginocchiò subito accanto a lui e lo aiutò a sedersi.

Amis ansimò a scatti. «Che... cos'era?»

«Cosa si va avvicinando a noi?» Erano stati i cespugli strappati dal vento; per Caitlin era una vista famigliare. Tuttavia Caitlin fece una faccia preoccupata. «Non ti ho detto che i nostri guerrieri uccisi si vendicheranno? Oggi... è la loro notte, o dovranno aspettare un altro anno.»

Gli occhi di Amis si spalancarono dall'orrore.

Si sentì un rumore sopra di loro; poi delle pietre caddero accanto a loro e continuarono a rotolare giù.

«C'è qualcuno lassù» balbettò Amis con le labbra pallide. Nella sua paura sembrava aver dimenticato di aver lasciato i cavalli indietro sulla cresta.

Caitlin annuì. «Sento rumore di zoccoli. Cavalieri.»

Amis rantolò e si portò una mano al petto. Il suo sguardo si frantumò.

«Treganna è mia!» Caitlin osservò sprezzante il bambino morto.

***

Note storiche:

La battaglia di Hastings del 1066, data considerata come quella della conquista dell'Inghilterra da parte dei Normanni, fu in realtà una battaglia per la successione tra un discendente normanno della famiglia dell'anglosassone Etelredo e un nipote norvegese del sovrano danese Canuto il Grande. Entrambi regnarono in Inghilterra e sposarono in successione la stessa donna.

Il vittorioso normanno Guillaume le Conquérant (Guglielmo I) impose all'Inghilterra la cultura e il sistema feudale dei Normanni e un piccolo ceto aristocratico normanno sostituì quasi completamente la nobiltà locale: per questi motivi gli anglosassoni avevano delle valide ragioni per il loro odio.

L'Inghilterra fu cristianizzata nel IX secolo. Ma per molti decenni l'antica fede continuò a sopravvivere accanto al Cristianesimo, in particolare nelle regioni caratterizzate dall'influenza celtica.

Pia carità

Ebersbach, Svevia, 1754

Hildegard sbirciò da un buco della copertura del carro: foresta, nient'altro che foresta. Ancora. Un paesaggio in bianco e nero. I rami si piegarono pesantemente sotto il loro carico. La coltre di neve indurita si ruppe scricchiolando sotto le ruote, mentre il ronzino si faceva strada su un percorso a malapena visibile. Sbuffava di continuo nervoso e sembrava volersi fermare.

Battendo i denti, Hildegard strisciò accanto a sua sorella Margarethe sotto la logora coperta da cavallo.

«Ehi, ti spettini tutta!» Margarethe la colpì sulla testa con il flauto. «Non ho tempo di sistemarti un'altra volta i capelli, quando arriveremo a Ebersbach.»

Hildegard si spostò contro la parete del carro. «Oggi è troppo tardi per andare a suonare al mercato. Sempre se riusciamo ad arrivare oggi. Non hai notato che il sauro zoppica?»

«Ragazze, non litigate di nuovo!» Christian, il fratello maggiore in cassetta, sventolò impaziente il frustino del cavallo avanti e indietro.

Hildegard spinse da parte Jakob, il più giovane dei fratelli, e prese posto accanto a Christian, stringendosi a lui. «Mi compri dei nuovi campanelli?»

Christian prese le redini in una mano, accarezzando con l'altra i ricci scuri della ragazza. «Vuoi danzare, mia bella, o vuoi mangiare?»

«Domani è Natale!» Hildegard mise il broncio. «Ognuno di noi dovrebbe ricevere un regalo. E più danzo bene, più velocemente accumulo denaro per la licenza matrimoniale.»

«Ma prima è il mio turno» si frappose Margarethe. «Conoscerei anche un uomo che potrebbe rendermi onesta. Conta più saper darsi da fare che avere un viso grazioso come il tuo.»

Hildegard si girò verso di lei e storse le labbra in un sorriso beffardo. «Uno con un mestiere onesto non sposa una girovaga.»

«Ho sentito dire che a Baden hanno abolito la differenza» comunicò Christian. «Non solo pecorai e vasai, addirittura ora anche scorticatori e uscieri del tribunale sarebbero persone oneste là.»

«E i Walhaz e gli Jenisch?» volle sapere Margarethe.

«Se hai denaro!» Si strinse nelle spalle. «Loro possono sempre comprarsi il diritto di cittadinanza.»

Hildegard scosse la testa meravigliata. Da quando Margarethe si interessava di altre cose oltre ai flauti e agli uomini distinti? «Vuoi nasconderti davvero dietro alle mura di una città, Gretl? Non farmi ridere.»

«Non dovete litigare sempre!» Christian diede una forte gomitata nel fianco di Hildegard.

Doveva fermare il carro prima della salita successiva. «Meglio che scendiate e saliate sul Raichberg a piedi.»

Margarethe brontolò, ma Hildegard era contenta di camminare per un tratto e saltò giù dal carro. Con una mano sollevò le gonne e con l'altra afferrò la testiera del sauro. Nella fredda aria il suo respiro si unì a quello del cavallo formando una nuvola di vapore, mentre avanzava faticosamente nella neve alta con ampie falcate.

Il monte Raichberg era poco più di una collina e presto raggiunse la cima.

A valle, le bianche pianure dei pendii disboscati luccicavano immacolate alla luce del tramonto, eccetto per le tracce lasciate dalla piccola selvaggina. La vista era libera fino al di sotto della Fils, nella quale galleggiavano enormi blocchi di ghiaccio. Dietro si ergeva, tra i frontoni delle case, la torre coperta di neve del campanile della chiesa di San Vito.

Hildegard sollevò il braccio davanti al viso, per schermarsi gli occhi dal sole del tramonto, e osservò le attività vicino al ponte. La guardia della città si avvicinò in quel momento al ponte e chiuse la sbarra sul lato opposto, dietro ai contadini e ai mercanti che lasciavano la città.

Altresì, chi avesse voluto andare solo al mercato davanti alla città, aveva bisogno di un lasciapassare. La ragazza sospirò. Aveva perso l'opportunità di guadagnare qualche Kreutzer per comprare i regali di Natale ai fratelli. Il mercato successivo ci sarebbe stato solo fra qualche giorno. Christian aveva bisogno urgentemente di un nuovo farsetto e Margarethe di uno scialle che le coprisse i gomiti trasparenti del vestito. E Jakob... cresceva troppo velocemente. Hildegard sospirò di nuovo e si diresse verso il carro.

«Avevi ragione» osservò Margarethe quando salì infine sulla cima della montagna. «Siamo arrivati troppo tardi. Un'altra sera solo con la zuppa di radici.»

Hildegard si strinse nelle spalle, prese Jakob per la mano e si mise faticosamente in marcia giù per il campo di neve sottostante, andando incontro ai contadini che stavano tornando a casa.

«Piagnucola» gli ordinò mentre il ragazzo incespicava in discesa accanto a lei.

«Non posso! E non correre così veloce» si lamentò.

«Così!» Lo spinse nella neve e poiché ancora non piangeva lo schiaffeggiò in viso senza esitazioni.

«Hilde!» urlò rabbioso.

Quando arrivarono in strada, il volto di Jakob era imbrattato di lacrime e moccio e il ragazzo singhiozzava fra sé e sé. Hildegard si sciolse il caldo foulard rosso che le copriva il collo e parte dei seni e se lo strinse in vita.

Scrutò i carri e valutò i cavalli che li trainavano. Si parò davanti al quinto carro in strada, su cui sedeva un contadino di mezza età; mise un braccio affettuosamente intorno alle spalle di Jakob piangente.

«Signore, mio fratello ha fame» parlò con voce sommessa. Si piegò in un profondo inchino, in modo da concedere all'uomo un generoso sguardo alle sue nudità. «Avete forse un pezzo di pane per lui?»

Il contadino si leccò le labbra mentre la contemplava, poi si grattò la testa. «No» disse infine.

Hildegard, che lo guardava fisso, lasciò che le lacrime le rilucessero negli occhi.

«Non piangere, bella bambina.» Estrasse un borsellino dal farsetto e iniziò a frugarci dentro. Hildegard vide brillare qualcosa fra le dita e lanciò al fratello un'occhiata furtiva. Jakob strillò più forte e si avvicinò. Il contadino alzò gli occhi e porse al ragazzo una moneta da mezzo Kreutzer. «Ecco; così domani puoi mangiare a sazietà.»

«Dio vi benedica.» Hildegard si piegò di nuovo e si avvicinò così tanto a lui che i suoi fianchi sfiorarono la gamba dell'uomo. «Vi ringrazio, Signore, ci avete donato un Natale.» Gli occhi di Hildegard luccicarono e il sorriso le accentuò le fossette del viso.

Il contadino allungò la mano e le accarezzò con le ruvide dita le guance arrossate dal gelo. Poi si girò indietro e aprì una delle casse che erano impilate sul carro. Tirò fuori due uova e un salame e li diede a Hildegard. «Così non andrete a letto affamati.» Le sorrise e incitò il cavallo.

Jakob la strattonò per la gonna.

«Silenzio!» Lo tirò via dalla strada. Dopo qualche passo in salita, si girò ancora una volta e guardò il contadino da dietro. «Corri!»

Un fuoco bruciava già davanti al carro, sul Raichberg; Margarethe riempì di neve il paiolo della zuppa.

Mentre le campane della chiesa di San Vito suonavano in alto verso di loro, Hildegard le appoggiò in grembo le due uova e la salsiccia.

«Non male.» Margarethe annuì riconoscente.

«C'è dell'altro!» Jakob estrasse il mezzo Kreutzer dalla tasca con occhi raggianti.

Hildegard inumidì il foulard rosso con la neve. «Meglio se domani non veniamo con voi in città.» Con cautela pulì via la sporcizia dal viso di Jakob.

Christian sogghignò. «Pensavo volessi cercare un innamorato.»

«Ne troverò uno quando ne ho bisogno.» Hildegard ripeté la parole di Jakob: «C'è dell'altro!»

Frugò nella tasca della gonna e tirò fuori il borsellino del contadino. «Buon Natale.»

***

Note storiche:

Gli ordinamenti delle città della prima Età Moderna e le corporazioni erano contraddistinti da un sistema sociale ben sviluppato. Ma l'assistenza ai poveri riguardava solo la protezione e il mantenimento dei propri cittadini e delle loro vedove e dei loro orfani. Inoltre, le corporazioni miravano a garantire, da una parte, la qualità dei lavori d'artigianato, dall'altro avevano lo scopo di tenere lontana la concorrenza.

Chi aveva qualcosa da offrire poteva stabilirsi liberamente in città. O acquisire il diritto civico tramite il matrimonio. I «girovaghi», che non comprendevano solo gli zingari ma anche una parte dei lavoratori che facevano i cosiddetti mestieri disonesti, non avevano alcuna possibilità di avere il diritto di cittadinanza, non potevano nemmeno comprare ai loro figli un apprendistato, cosa che avrebbe offerto un accesso alle corporazioni. Oltre a musicanti, conciabrocche e simili mestieri, tra i girovaghi, si annoveravano anche becchini, scorticatori e perfino pecorai e mugnai, considerati tutti mestieri disonesti.

In molte città i girovaghi non erano tollerati neppure come mendicanti, dunque per sopravvivere erano quasi costretti a diventare dei criminali.

Pane

Parigi, 16 floréal anno III (5 maggio 1795)

Cambio della guardia alla gendarmeria di Rue de la Tixeranderie: Jean-Pierre Chalandon salutò il suo sostituto con uno sguardo cupo: «Stanotte abbiamo ripescato quattro donne incinte dalla Senna. Siamo riusciti a salvarne solo una: Claire, la figlia della vecchia biancherista Dechamps.»

«Lo so» rispose Michel. «Ho visto quando l'avete riportata a casa.»

«Eri ancora sveglio così tardi? Erano quasi le quattro.»

«Ero già in piedi così presto» rispose Michel. «E so anche che Claire nel frattempo ha partorito. La piccola pesa meno di quattro libbre. La levatrice ha poche speranze che sopravviva a lungo.»

«Questa miseria è un crimine» disse Jean-Pierre. «E peggiora di giorno in giorno: da oggi nel nostro quartiere ci sono soltanto due once di pane per ognuno.»

«Eppure i cittadini che possono permettersi di pagare dieci *livres* e più di una libbra di pane bianco, gozzovigliano con *brioches* e *croissants,*» sbuffò Michel. «Più tardi devo trovarmi davanti al panificio di Robillard e impedire che le donne riunite sfondino la porta.»

«Si meriterebbe davvero di essere preso a legnate. La scorsa settimana è stato denunciato di nuovo per aver utilizzato

farine di scarsa qualità. Grida al cielo il fatto che questa genta-
glia si arricchisca alle spalle della povera gente. Ma Dio è stato
eliminato.»

«E le denunce non servono quasi a niente!»

Jean-Pierre afferrò la giacca e abbandonò il posto di guardia. Era ancora buio ma dappertutto c'erano donne già in coda. Avrebbero dovuto aspettare inutilmente davanti a molte
botteghe. Anche quel giorno non c'erano né verdure né bur-
ro. Il Comitato di Salute Pubblica del quartiere gli aveva comunicato che non erano di nuovo arrivati i fornitori in città
oltre il quartiere *Faubourg Saint-Antoine*. Le abitanti dei sob-
borghi avevano saccheggiato tutto.

Fece tintinnare i *Sous* dentro la tasca della giacca e quando
scese in strada, sotto i castagni in fiore, sorrise a dispetto di
tutto. Era una giornata di maggio, una di quelle che non
avrebbe potuto essere più bella a Parigi, ed era il compleanno
di sua moglie. Voleva sorprenderla con un bel pezzo di carne.
Al mercato di Santa Caterina c'era un macellaio che gli doveva
ancora un favore: l'aveva beccato a vendere carne razionata al
cuoco di un fabbricante di carta. Sicuramente avrebbe dovuto
pagare più del *maximum* consentito, ma oggi non gli impor-
tava.

Davanti al panificio di Robillard, in Rue de la Jussienne,
Jean-Pierre s'imbatté in una folla agitata. La porta della botte-
ga era spalancata ma non c'era traccia di Robillard. «Cittadine,
cosa è accaduto qui?»

La risposta della vedova Leclerc era a malapena udibile nel
brusio di voci. «... è nella camera forno,» arrivò a Jean-Pierre.

«È appeso nella camera forno» gridò Nanette, la sua vicina.

Jean-Pierre corse dentro. Il fornaio aveva un sacco di farina in testa ed era appeso a una trave sopra una grossa tinozza,
dalla quale era fuoriuscito, nel frattempo, l'impasto diventato
troppo alto.

Era un omicidio. Jean-Pierre fissò inorridito la scena davanti a sé e rimase immobile per non distruggere le tracce. L'omicidio di un fornaio era proprio quello che mancava. Si guardò intorno, indeciso sul da farsi. In realtà il suo turno era finito e se non si fosse recato subito al mercato non avrebbe più trovato la carne.

Sulla paletta di legno accanto al forno erano adagiati venti *flutes* non cotti, sul tavolo accanto innumerevoli *brioches* crude. Il fuoco ora ardeva debolmente senza fiamma. Jean-Pierre aprì lo sportello del forno: *baguettes* carbonizzate.

Un rumore lo fece girare di scatto: un ratto sgusciò fuori da sotto i sacchi di farina. Dimenticando tutte le cautele, si avvicinò e aprì uno dei sacchi. Pullulava di vermi. «Buh!» Rabbrividì dal disgusto.

La sua indecisione sul da farsi si risolse quando entrò l'ispettore Roux. «Buongiorno, cittadino Chalandon. Hai già scoperto qualcosa?»

«Dunque, l'omicidio deve essere avvenuto tra le tre e le quattro. Robillard aveva già infornato la prima mandata di pane ma non ha avuto l'occasione di togliere le *baguettes* pronte dal forno. E anche l'assassino era qui troppo presto per farlo.»

«Oppure non era interessato al pane.»

«Credi davvero che qualcuno possa lasciare lì anche un solo pezzo di pane?»

«No,» ammise l'ispettore. «Non riesco proprio a immaginarmelo. Ma forse è stato disturbato.»

Jean-Pierre scosse la testa. «A quell'ora normalmente non c'è nessuno in strada. E anche se fosse, lo avrei certamente visto. Erano passate da poco le tre e mezza quando ho riportato a casa Claire. E sono passato qui davanti, e poi ci sono ripassato un'altra volta sulla via del ritorno per la gendarmeria.»

Roux si arricciò i baffi: «Un vero peccato! Probabilmente hai mancato l'assassino solo per un pelo.»

«Se ci fosse stato qualcuno in strada l'avrei sicuramente...» Si interruppe. Michel! Michel doveva essere in strada. Allora perché non l'aveva visto? E perché Michel non gli aveva detto niente?

«Che c'è? Hai notato qualcosa?»

Dopo una breve esitazione, Jean-Pierre scosse la testa. «No, ispettore. Non posso aiutarti. E ora devo andare subito al mercato. Oggi è il compleanno di Charlotte»

«Su, allora corri. Falle gli auguri da parte mia e godetevi la giornata.»

Ma nonostante la fretta Jean-Pierre non andò direttamente al mercato, tornò alla stazione di gendarmeria. Voleva parlare con Michel. Alla gendarmeria venne però a sapere che la sala del Comitato di Salute Pubblica era stata assediata dalle massaie ribelli e a Michel e ad alcuni colleghi era stato ordinato di proteggere i membri del comitato.

La sua visita al mercato invece fu un grande successo. Con i suoi risparmi, Jean-Pierre ottenne non solo un grosso pezzo di spalla d'agnello ma comprò anche una bottiglia di buon vino rosso e addirittura due uova. Con quegli acquisti non solo la cena sarebbe stata una festa, ma anche la colazione del giorno dopo sarebbe stata assicurata. Dopo aver riposto i suoi tesori a casa, non riuscì a starsene seduto in ozio ad attendere il ritorno di Charlotte. Doveva parlare con Michel.

Davanti alla sede del Comitato di Salute Pubblica si erano riunite non solo le massaie del quartiere ma anche alcuni cittadini. «Pane e la costituzione del 1793» sentì chiamare Jean-Pierre già da lontano. La folla era pigiata in piazza, davanti all'entrata dell'edificio; Michel e gli altri gendarmi avevano estratto le pistole rivolgendo lo sguardo alla folla.

«I commissari hanno rubato la farina per i nostri bambini» gridarono le donne ai poliziotti. Incollerite brandivano padelle e mattarelli. «In nome del popolo sovrano e della legge: è vostro dovere arrestarli.»

«Noi, non vi abbiamo ingannato» una voce risuonò dal primo piano. Un membro del comitato aveva osato affacciarsi a una finestra aperta: «Voi ci avete eletto. Non potete ordinarci nulla. Questa è una rivolta!»

«Sicuro, questa è una rivolta» replicò una giovane in prima fila, la stiratrice Josephine Rouillière. «Siete stati deposti. Eleggiamo subito altri al vostro posto.» La ragazza si voltò, il suo sguardo cadde sulla folla cercando i pochi uomini presenti. «Cittadino Moreau! – cittadino Duplessis! – cittadino Grimond! – cittadino Fielval!» – Jean-Pierre desiderò diventare invisibile quando lo sguardo della donna andò nella sua direzione. – «Cittadino Chalandon, magnifico!» Lo fissò con occhi raggianti. «Propongo di eleggere voi come membri del Comitato di Salute Pubblica!»

Considerate le grida di approvazione, Moreau si fece largo in avanti e prese la parola: «Cittadine, vi ringraziamo per la fiducia.» Fece un cenno a Jean-Pierre e ai tre altri commissari appena eletti. Poi si rivolse ai gendarmi: «Avete sentito. Rinfoderate le pistole e venite con noi! Il comitato è in arresto.»

Dopo un'occhiata a Jean-Pierre, Michel rinfoderò l'arma; gli altri seguirono il suo esempio. Avevano legittimato l'elezione: lo scontro tra il popolo e i gendarmi era superato.

In quell'attimo svoltò in strada un drappello di soldati, guidati da quattro delegati della Convenzione Nazionale.

«Aiuto!» risuonò dal primo piano quando li videro.

«Alt!» gridò Jean-Pierre ai soldati. «Non abbiamo bisogno del vostro aiuto. È tutto in regola.»

Ma un istante dopo un botto esplose dietro di lui. Avevano sparato dal primo piano!

Le donne, urlando arrabbiate, aprirono a spintoni la porta di ingresso; ora nessuno poteva più trattenerle. Quando i gendarmi arretrarono da un lato, Jean-Pierre vide che uno di loro sosteneva Michel. Corse verso di loro.

Sotto la spalla sinistra di Michel si stava allargando velocemente una macchia di sangue. Si appoggiò dolorante alla parete della casa e premette la mano destra sulla ferita. «Cittadino Chalandon!» Nella sua voce c'era un accenno di derisione. «Cosa ci fai qui? Non dovevi andare a festeggiare con Charlotte?»

«Volevo farti una domanda.» Jean-Pierre si morsicò un attimo il labbro inferiore. Poi si avvicinò a Michel e bisbigliò: «Tu, cosa stavi cercando stamattina così presto in Rue de la Jussienne? Ci hai visto quando siamo passati accanto a Robillard, non è vero?»

Il volto smorto di Michel diventò ancora più pallido. Poi annuì. «Allora questa mattina ho parlato di nuovo troppo. Ma ora non ha importanza.»

«Non ha importanza» confermò piano Jean-Pierre quando Michel si afflosciò privo di sensi. «Eccetto me, non ha sentito nessun'altro.»

Due giorni dopo Michel morì in ospedale.

***

Note storiche:

A partire dal 1792 nella Francia rivoluzionaria non fu più in vigore l'era cristiana. Il sistema decimale introdotto nel 1790 fu applicato anche al calendario repubblicano. L'anno era composto da 12 mesi di 30 giorni, le settimane da 10 giorni numerati. Alla fine di un anno, per adattarsi all' «anno tropico» venivano inseriti ogni volta da cinque a sei ulteriori giorni.

I nomi dei mesi prendevano spunto dal clima francese o dalle attività rurali, i giorni dalle piante, dagli animali e dagli attrezzi anziché dai Santi cristiani.

Il calendario repubblicano fu in uso fino al 1806 e per due settimane durante la Commune di Parigi del 1871. Entrò in vigore il 15 Vendémiaire *(Vendemmiaio) dell'anno II (6 otto-bre 1793), prima ancora che diventassero valide tutte le deno-minazioni. Ma il calendario ebbe inizio già il 1* Vendémiaire *dell'anno I (22 settembre 1792), il giorno della proclamazione della repubblica come primo giorno della nuova era*

1 oncia corrispondeva a 30 g. Il pane era l'alimento princi-pale della popolazione semplice. Per questo motivo potevano scoppiare rivolte sugli aumenti dei prezzi del pane.

Livre: unità di misura che si divideva in due diversi ordini di grandezza: la Livre tournois *e la* Livre parisis. *Il conio dell'Ancien Régime si basava sulla* Livre tournois. *La* Livre *stessa sopravvisse fino alla rivoluzione francese ma non come moneta. Nell'agosto del 1795 venne sostituita dal* Franc.

Gli ingranaggi della giustizia

Lucerna, 1824

Michael Corragioni, il medico della città di Lucerna, gettò un sottile incartamento sul secretaire dello scoltetto. «Ecco il Suo cadavere, signor Am Rhyn. Strangolato. L'uomo era già morto quando è caduto nella Reuss.»

«Ah, lo abbiamo fatto con cura questa volta?» Karl Am Rhyn non alzò gli occhi, ma continuò a intagliare il suo pennino tutto concentrato. Quel rapporto poteva aspettare; il vagabondo morto non aveva più fretta.

«Dove vuole andare a parare?» Corragioni sollevò le sopracciglia.

«Quella volta Lei non ha potuto rilasciare una dichiarazione sullo scoltetto Keller.» Am Rhyn osservò Corragioni con la coda dell'occhio mentre proseguiva. «E proprio adesso circolano nuove voci secondo le quali il mio predecessore non sarebbe annegato accidentalmente nella Reuss.»

Corragioni fece spallucce. «Riaffiorano a ogni morto che ripeschiamo.» Sembrava aspettasse una replica, ma Am Rhyn ripose il pennino e iniziò a sfogliare l'incartamento. Non aveva intenzione di spiegare la sua osservazione più in dettaglio.

«Razza di papisti!» borbottò quando il medico della città se ne andò. Poi chiamò suo figlio, che gli faceva da assistente.

«Toni, il balivo di Glarona ha mandato nel frattempo informazioni più precise su quella ladra?»

«Non arriveranno altre informazioni, invece ci manderanno la sgualdrina stessa per interrogarla, e anche il fratello. È tutto molto equivoco: le dichiarazioni, che quella donna aveva fatto in merito alle circostanze del reato, non corrispondono a quello che avevamo comunicato al balivo.»

Non appena Clara Wendel giunse alla prigione di Lucerna, lo scoltetto la fece portare per essere interrogata. L'attese in una stanza non riscaldata nei sotterranei dell'edificio del tribunale.

Il gendarme gli condusse di fronte una giovane donna con indosso un vestito tradizionale a maniche corte. Nonostante il lungo periodo di detenzione, gli occhi marroni avevano conservato il loro splendore. Anche i capelli neri erano stati accuratamente intrecciati in una lunga treccia. Solo le labbra screpolate e un ematoma giallo-blu sotto l'occhio destro pregiudicavano il viso proporzionato.

«Voi avete mentito» l'accusò Am Rhyn senza giri di parole. «Perfino la persona più stupida non pesca di notte sotto la pioggia.»

Clara abbassò lo sguardo. «Ho raccontato con onestà cosa ho sentito io stessa su quell'evento.»

«Avete dichiarato che eravate presente, allora.»

«Ma non riesco più a ricordarmi niente. Che differenza fa per un bambino tra quello che ha vissuto e quello che gli raccontano?»

«Dunque non può neanche distinguere tra il vero e il falso» osservò lo scoltetto. Si alzò e fece il giro del tavolo, andando a fermarsi proprio davanti a lei.

Clara evitò il suo sguardo e si premette le mani l'una con l'altra.

«Ebbene?»

«Avrei denunciato il mio stesso fratello se non fosse stato vero?»

«Suvvia, raccontatemi una volta per tutte cosa è successo davvero.»

«Ho già detto tutto, non riesco a ricordarmi nient'altro.»

«Allora daremo un aiuto alla vostra memoria.» Lo scoltetto fece un cenno alla guardia, che si avvicinò con il manganello sollevato.

Clara gridò e sollevò le braccia davanti al viso. «Non lasciate che mi picchi, vi dirò quello che so.»

Am Rhyn si girò di lato, afferrò la sua pipa, la riempì con cautela e l'accese. La guardia tirò il manganello due volte sulla schiena di Clara. La ragazza piagnucolò e cadde sulle ginocchia.

«Parlate, poi vi lascio in pace» disse lo scoltetto senza guardarla.

«Ho freddo» sussurrò la ragazza. Si accoccolò sul pavimento di pietra e si circondò le ginocchia con le braccia.

«Quale delle vostre informazioni sono false?» chiese Am Rhyn. «Perché voi avete mentito.»

La guardia sollevò di nuovo il manganello; Clara lo guardò con la coda dell'occhio e iniziò a tremare. «Be', c'era un sarto, un certo Joseph o Aloys Meyer, che provava del rancore nei confronti dello scoltetto. Hansi era già nei paraggi da diversi giorni ed è andato in perlustrazione. Credo sapesse che cosa aspettarsi. Quello stesso giorno sono andata con mia madre a Littauen, dove abbiamo appiccato un fuoco. Poi siamo tornate; Hansi ci attendeva e siamo andati avanti. E poi è successo in quel momento, come ho già detto.»

Am Rhyn mise la pipa da parte, per osservare le sue reazioni. «Cosa avete a che fare adesso con un sarto?» Era una svolta che gli piaceva molto. Poteva portare a informazioni del tutto nuove.

«Credo che qualcuno abbia istigato Hansi. Perché mio fratello dovrebbe avercela con lo scoltetto?»

«Perché un sarto dovrebbe avercela con lo scoltetto?»

Clara alzò le spalle e rise in faccia ad Am Rhyn. «Io credo che...»

«Quindi ve lo siete inventato!» Si avvicinò a lei così tanto che la redingote le andò a sbattere sul viso. «Chi state coprendo?»

«Ho raccontato tutto quello che so.» La ragazza abbassò la testa. Lo scoltetto capiva a malapena cosa stesse mormorando. «Ho pensato che dovesse avere di sicuro una ragione, il sarto.»

«Infatti!» Am Rhyn si piegò in basso verso di lei in maniera confidenziale. «Forse potrebbe avere avuto anche lui un istigatore? Una volta hai sentito qualcosa che te l'ha fatto credere?»

«Non lo so. Devo prima riflettere sulla questione più a fondo.»

«Allora rifletti.» Lo scoltetto la lasciò sola con la guardia.

Quella sera Am Rhyn era stato invitato a cena dalla nuora. Notava a malapena cosa stesse mangiando e attese solo di ritirarsi in biblioteca con il figlio.

«La sgualdrina dice quello che le passa per la mente ma nel frattempo tradisce un bel po'.»

Toni gli lanciò un'occhiata carica di aspettative mentre prendeva il cognac e due bicchieri panciuti da una delle vetrine.

Am Rhyn gli sottrasse un bicchiere e si lasciò servire. Annusò il cognac e sorrise. «Sono sicuro che siamo sulle tracce di un complotto. Finalmente scopriremo come è stato ucciso Keller.»

«È annegato! Non abbiamo mai trovato un singolo indizio che le voci potessero essere vere.»

«Eppure è stato un omicidio!» Am Rhyn posò il bicchiere

sul tavolo così forte che il cognac traboccò. «Keller è stato dalla parte di Napoleone fin dall'inizio e si opponeva con tenacia contro la sostituzione dell'Atto di Mediazione da una costituzione conservatrice. Lui era il nostro baluardo contro gli Ultramontanisti.» Am Rhyn riempì la pipa con movimenti decisi. «Non hai visto come Corragioni e il nunzio papale lo hanno diffamato quando ha condannato la Restaurazione al Congresso di Vienna.»

«Ma ciononostante non avevano bisogno della morte di Keller. Guarda come siamo lontani ancora oggi da uno stato federale.»

«Perché il Papa ha richiamato il nunzio nella curia romana così all'improvviso? Dopotutto ha sempre sostenuto la politica ecclesiastica conservatrice di Testaferrata.»

«Quando Testaferrata è stato richiamato, Keller era ancora vivo.»

«E con questo? I papisti hanno le braccia lunghe.» Am Rhyn scosse la testa. «Come sei ingenuo.» Suo figlio non sapeva fare due più due?

«No, padre. Credo che ti stai facendo ossessionare da qualcosa che alla fine danneggerà solo te stesso. Cosa credi di fare con le informazioni di una ladra che era solo una bambina ai tempi della morte di Keller? Se ti sbagli, gli Ultramontanisti saranno in vantaggio come non mai.»

«Io non mi sbaglio.» Am Rhyn si alzò. «Non c'è bisogno di discuterne oltre. Vedrai da te.»

Clara era pallida quando la mattina seguente fu ricondotta davanti ad Am Rhyn. La cuffia incrostata di sangue le copriva solo per metà la ferita fresca all'attaccatura dei capelli.

«Cosa dovete comunicarci nel frattempo sulla morte di Keller? Parlate pure apertamente e non risparmiate nessuno.»

«Devo raccontare lo svolgimento dei fatti ancora una volta?»

«Ma no, poiché un dettaglio o l'altro non ha importanza.»
Am Rhyn si alzò e spinse Clara alla finestra.

Mise un braccio intorno a lei e indicò la casa patrizia sul ponte sulla Reuss, accanto alla quale si riflettevano nell'acqua i due campanili a cipolla della chiesa dei Gesuiti. «Sai chi abita là? Hai mai sentito di qualcuno che ha avuto qualcosa a che fare con gli abitanti?»

La ragazza fece scorrere lo sguardo dalla casa alla chiesa e viceversa. Poi scosse la testa. «Sono persone raffinate. Non conosco persone del genere.»

«Otto anni fa c'è stata un'effrazione là.»

«Di certo io non ero presente. Ma non posso mettere la mano sul fuoco per la mia gente. Forse potrebbe venirmi in mente qualcosa, se il Signor Scoltetto mi dicesse che cosa è stato rubato.»

«Hai mica sentito di qualcuno che è stato scoperto durante l'effrazione ma non è stato denunciato?» La osservò con la coda dell'occhio.

«Sì, certo... Ma il lasciar correre costa sempre qualcosa.»

«È quello che è successo anche a tuo fratello?»

«No ad Hansi, ma a Sepp, mio cognato.»

«Che cosa nei sai in merito?»

«È un brav'uomo, il Sepp.»

Am Rhyn piegò gli angoli della bocca.

«Sì, davvero» affermò Clara velocemente. «Si è congedato dall'esercito, dove aveva un buon salario, perché voleva che i suoi figli avessero un padre. Ed è colto; ha visto metà mondo.» Osservò il fiume tirandosi la treccia. Poi guardò Am Rhyn con occhi vigili. «Ciò che intendo dire è che se uno irrompe da qualche parte e il padrone di casa lo lascia andare, allora non si è trattato affatto di un crimine, no?»

«A meno che non sia stato querelato non è possibile giudicarlo. Quindi racconta.»

«Non posso dirne di più. Quello che so l'ho scoperto solo da Barbara. Lui sarebbe tornato a casa tutto impaurito, così ha detto mia sorella.» Clara appoggiò la testa contro la finestra e chiuse gli occhi. «Ho fame.»

«Ci avrete fatto l'abitudine. Raccontatemi cosa avete sentito.»

La ragazza si abbassò sul pavimento. «Sto male.»

Lo scoltetto non si lasciò impressionare. «Se vi viene in mente di nuovo qualcos'altro, allora possiamo continuare a parlare.» Si voltò verso la porta. «Buon appetito» salutò la guardia uscendo.

Am Rhyn si precipitò nell'ufficio del figlio. «Quella sgualdrina ha riconosciuto la casa!» Guardò Toni con occhi raggianti. «Suo cognato è stato sorpreso da Corragioni. Ma l'ha lasciato andare. Mi ricordo ancora con esattezza di quel caso: poco prima della morte di Keller, il medico della città ha denunciato un'effrazione ma non ha saputo dichiarare cosa fosse stato rubato.»

Toni rimise il pennino nel calamaio, congiunse le mani e vi appoggiò sopra la testa. Squadrò il padre senza proferire parola.

Am Rhyn si lasciò cadere su una poltrona. «Il cappio si sta stringendo. Razza di papisti, miserabili.»

«La Wendel ha rilasciato una deposizione in merito?»

«Ha ammesso che una volta Twerenhold, il cognato, è riuscito a sgattaiolare via a malapena. Ma ha paura che possa essere accusato ancora oggi. Ecco perché non parla.»

Toni si alzò dalla scrivania e si sedette nella poltrona di fronte a lui. «Padre, stai seguendo la pista sbagliata! Twerenhold è tornato dai Paesi Bassi solo nel 1820.»

«Allora ha fatto proprio un buon uso della sua licenza, non l'ha sprecata solo per copulare.» Am Rhyn rise sonoramente alla sua battuta. «In ogni caso, dopo l'effrazione il medico della città lo ha avuto in pugno, è perfettamente chiaro.»

Toni sospirò. «Non hai alcuna prova; su niente. Nemmeno una vera e propria deposizione di questa persona. E con la sua pessima reputazione la ragazza non è considerata una valida testimone, nemmeno per sé stessa.»

«Troveremo i testimoni non appena ci avrà detto tutto quello che sa. Abbiamo già suo fratello, prenderemo anche il cognato. E citerò in giudizio anche il sarto. È un uomo totalmente integerrimo; dunque la sua deposizione avrà un peso.»

«Non aveva denunciato il sarto di istigazione?»

«Non si può credere a tutto ciò che dice quella persona» brontolò Am Rhyn. Era irritato dalle infinite obiezioni di Toni. «Ho sempre pensato che Corragioni c'entrasse; ora finalmente posso dimostrarlo. Non mi sfuggirà più!»

Lo scoltetto iniziò l'interrogatorio successivo con un pestaggio. Soltanto quando Clara gemette, l'afferrò per la treccia e la trascinò di nuovo alla finestra. «La mia pazienza si sta lentamente esaurendo. Ammettete ciò che sapete sull'effrazione avvenuta da quella parte.»

«Non ero lì.»

«Due giorni fa avete affermato di essere nei paraggi a rubare con vostra madre. E vostro fratello stava già aspettando. Dove erano vostro cognato e vostra sorella in quel momento?»

«Il Sepp non era lì!»

«Ha mai nominato il nome Corragioni? Sapete chi è?»

«Sì, è il medico della città. All'epoca i gendarmi gli hanno portato Barbara.»

«Allora sapete chi vive laggiù!»

«Io non ero lì!»

«Allora volete di nuovo negare tutto oggi? Non ne avete ancora abbastanza?»

La guardia recepì la domanda come un ordine e la colpì di nuovo. Clara fu scaraventata contro la parete dalla forza del colpo; gridò ad alta voce e si mise la mani davanti al viso.

«Dunque? Con chi ha parlato Sepp riguardo al medico della città?»

«Una volta ha detto ad Hansi che il medico sarebbe un signore. Non come gli altri che proclamano la misericordia di Dio solo a parole.»

«Cosa dovrebbe voler dire?»

«Non lo so.» Il colpo successivo le fece sanguinare di nuovo la ferita. «Intendo che di certo gli era grato.»

«E per questo vostro cognato desiderava mostrarsi servizievole? E vostro fratello si è messo subito al lavoro? È questo quello che intendete, non è vero?»

Clara fece un movimento con la testa, che Am Rhyn interpretò come un segno d'assenso.

«E poi Hansi ha buttato Keller nella Reuss. Dopotutto è stato vostro fratello a farsi istigare. Sicuramento lo avete dichiarato voi, non è vero?» La tirò in sù e la spinse contro la finestra.

Clara rimase in silenzio.

«Avete o non avete denunciato vostro fratello?»

«Sì, sicuro, ma...»

«...ma è stato Twerenhold? Avete denunciato vostro fratello semplicemente perché sarebbe stato comunque impiccato?»

«No! Mio cognato non ha ucciso nessuno.»

Lo scoltetto la lasciò in piedi e andò in cerca del balivo.

«Imprigioni Corragioni. Immediatamente. La Wendel ha ammesso che lui ha ricattato il cognato per commettere l'omicidio di Keller.» Esausto dalla corsa, Am Rhyn si lasciò cadere su una poltrona.

«La dichiarazione di una ladra non conta. Karl, non posso far arrestare per questo uno stimato membro della Dieta federale.» Il balivo scosse la testa allo zelo dello scoltetto.

«Abbiamo bisogno anche della confessione del colpevole; lo so bene. Ci arriveremo. Abbiamo il fratello, no?»

«Allora torni quando avrà la confessione.»

Am Rhyn balzò in piedi; aveva il viso arrossato. «Ma Corragioni taglierà la corda, come ha fatto il nunzio, quando si accorgerà che siamo sulle sue tracce.»

«Come è arrivato al nunzio ora?»

«Quando il nuovo Papa ha riabilitato di nuovo i gesuiti, Testaferrata voleva riportarli a Lucerna. All'epoca Keller lo ha impedito.»

«Ed è così che sono rimaste le cose. Nessuno quindi ha tratto beneficio dalla sua morte.»

«Ma prima non lo sa nessuno. Non sia così ostinato!»; urlò Am Rhyn. «Faccia arrestare Corragioni prima che sia troppo tardi.»

Il balivo lo guardò imperturbabile. «Mi porti la confessione dell'assassino. Poi potrà averlo.»

***

Note storiche:

Dopo le guerre di liberazione, l'Europa fu riordinata al Congresso di Vienna del 1814/15. Come risultato, la Svizzera lottò per decenni per avere una costituzione politica: le forze conservatrici volevano ritornare alle condizioni in vigore prima della Rivoluzione del 1798, mentre i liberali si orientavano all'Atto di Mediazione di Napoleone, che aveva abolito il parlamento nazionale e il governo centrale e aveva trasferito la maggior parte del potere ai Cantoni. Anche la riammissione dei Gesuiti giocò un ruolo in questa situazione di mescolanza, tanto più che fu significativa per il sistema scolastico.

Sullo sfondo di questo scenario circolavano voci persistenti che lo scoltetto liberal-democratico Keller, annegato nella Reuss nel 1816, fosse stato assassinato. Ciononostante le dichiarazioni della figlia, come tutte le altre circostanze, fecero pensare a un incidente, otto anni dopo le voci vennero nuovamente alimentate dalle dichiarazioni di una giovane nomade.

Il cattolico consigliere per la sanità Michael Leodegar Corragioni d'Orelli, all'epoca membro del Gran consiglio e del Piccolo Consiglio del Cantone di Lucerna, fu arrestato nel 1826 per istigazione all'omicidio dello scoltetto Franz Xaver Keller e processato insieme alla tribù nomade di Clara Wendel.

Fu assolto. Le confessioni dei nomadi, estorte sotto tortura, per una volta ebbero meno peso delle considerazioni politiche.

Anche Clara Wendel sopravvisse al processo, mentre altri membri della sua tribù furono giustiziati.

Se vi sono piaciute queste storie brevi, raccomandatele ad altri.
Mi farebbe piacere ricevere una recensione.

***

Sull'autrice:

Annemarie Nikolaus, nata in Assia, ha vissuto venti anni nell'Italia del Nord. Nel 2010 si è trasferita con la figlia in Francia, nell'Alvernia.

Ha studiato psicologia, giornalismo, politica e storia e ha lavorato come psicoterapeuta, consulente politico, giornalista, redattrice e traduttrice.

All'inizio del 2001 ha iniziato a scrivere opere letterarie.

Viene pubblicata dal 2005, dal 2011 si autopubblica.

Blog in lingua italiana: http://bit.ly/2JuLrBl

Rimanete in contatto con lei tramite:
Twitter : http://twitter.com/AnneNikolaus

Pubblicazioni:

In italiano:

Reale Repubblica. Collana „*Mondo in fiamme*". Romanzo storico. ISBN del tascabile 9781547520312.

Lume di speranza. Calendario dell'Avvento. Romanzo distopico. ISBN del tascabile 9782902412433

La Corsara. Collana *"Mondo dei draghi"*. Romanzo fantasy

Ridotti al silenzio. Mini thriller. ISBN del tascabile 9782902412730

Storie di magia. Storie brevi per bambini. ISBN del tascabile 9782902412693

Il cavallo di fuoco. Romanzo fantasy. ISBN del tascabile 9782902412709

Oltre la legge. Brevi gialli storici. ISBN del tascabile 9782493398048

La nipote. Collana *"Quick, quick, slow – Club di Danza Lietzensee"*. Romanzo d'amore. ISBN del tascabile 9782493398031

Ritorno al parquet. Collana „*Quick, quick, slow – Club di Danza Lietzensee*". Romanzo sul matrimonio. ISBN del tascabile 9781507157497

Flirt con una star. Collana *"Quick, quick, slow – Club di Danza Lietzensee"*. Romanzo d'amore. ISBN del tascabile 9781507169728

Deceduto. Storie brevi. ISBN del tascabile 9782902412648

Aquitania: La fine di una guerra. Collana *"Ai bordi della strada..."*. ISBN del tascabile 9781507148976

Le edizioni originali tedesche:

Romanzi e racconti brevi

Storico

Königliche Republik. Romanzo storico. ISBN del tascabile 9782902412471.

Verjährt. Brevi gialli storici. ISBN del tascabile 9782902412549.

Fantastico

Die Piratin. Collana *"Drachenwelt"*. Romanzo fantasy. ISBN del tascabile 9782902412495

Das Feuerpferd. Romanzo fantasy, insieme a Monique Lhoir e Sabine Abel. ISBN del tascabile 9782902412501.

Magische Geschichten. Storie brevi non solo per bambini. ISBN del tascabile 9782902412488

Renntag in Kruschar. Collana *"Drachenwelt"*. Antologia fantasy.

Leuchtende Hoffnung. Un romanzo di fantascienza come calendario dell'Avvento. ISBN del tascabile 9782902412563

Giallo

Haus zu verkaufen. Dramma famigliare. ISBN del tascabile
9782902412983

Ustica. Un mini thriller. ISBN del tascabile 9782902412556.
Edizione tascabile con buono d'acquisto per l'e-book.

Tot. Storie brevi. ISBN del tascabile 9782902412587

Verjährt. (v.s.) ISBN del tascabile 9782902412549

Rosa

Die Enkelin. Collana *"Quick, quick, slow - Tanzclub
Lietzensee"*. Romanzo d'amore. ISBN del tascabile
9782902412518

Flirt mit einem Star. Collana *"Quick, quick, slow - Tanzclub
Lietzensee"*. Romanzo d'amore. ISBN del tascabile
9782902412532

Zurück aufs Parkett. Collana *"Quick, quick, slow - Tanzclub
Lietzensee"*. Romanzo sul matrimonio. ISBN del tascabile
9782902412525

Saggistica

Da vedere in viaggio

Aquitanien: Das Ende eines Krieges. Collana *"Am Rande des
Weges ..."* ISBN del tascabile 9782902412570

La collana su letteratura e libri

Suche Reisebegleitung. Collana *"Fliegende Blätter"*. ISBN del
tascabile 9781499608427.

Junge Welten. Collana *"Fliegende Blätter"*. ISBN del tascabile 978150097199